Nikolaj Leskov

Der Gast beim Bauern und andere Weihnachtserzählungen

Nikolaj Leskov

Der Gast beim Bauern

und andere Weihnachtserzählungen

Georg Bitter Verlag

CIP-Kurztitelaufnahme der Deutschen Bibliothek

Leskov, Nikolaj:
Der Gast beim Bauern und andere Weihnachts-
erzählungen / Nikolaj Leskov. [Aus d. Russ.
übertr. von Otto Frhr. von Taube u. Gertrud von
Bolschwingh]. – Recklinghausen : Bitter,
1984.
ISBN 3-7903-0312-7
NE: Taube, Otto Frhr. von [Übers.]

Aus dem Russischen übertragen von Otto Freiherr von Taube
und Gertrud von Bolschwingh (»Der Heckrubel«)

3. Auflage 1989

Illustrationen und Einbandvignette: Michael Olschowy
Reihengestaltung: Walter Stolzenberg
Gesetzt aus der Times
Satz: studiosatz, NT-Raidwangen
Druck, Einband: Clausen & Bosse, Leck

ISBN 3-7903-0312-7

Inhalt

Der Gast beim Bauern

Diese wahre Geschichte, die davon handelt, wie Christus an einem Weihnachtsfeste selbst zu Gast zu einem Bauern kam, und davon, was er ihn da lehrte, vernahm ich von einem alten Sibirjaken, der die Begebenheit in nächster Nähe miterlebt hatte. Was er mir erzählte, werde ich mit seinen eigenen Worten wiedergeben:

Unsere Gegend ist eine Verbanntensiedlung, doch eine gute, handeltreibende Gegend. Mein Vater kam hin zu der Zeit, als in Rußland noch die Leibeigenschaft herrschte, ich aber bin bereits dort geboren. Wir hatten Vermögen, ausreichend für unsere Verhältnisse, sind auch jetzt nicht arm. Wir halten uns an den üblichen schlichten russischen Glauben. Mein Vater war belesen und brachte auch mir die Lust zum Lesen bei. Wer das Wissen liebte, galt mir für den vornehmsten Freund, ich war bereit, für ihn durch das Feuer oder durch das Wasser zu gehen. Und nun bescherte der Herr, mir zur Freude, einst den Freund Timofei Ossipowitsch, von dem ich Ihnen gerade erzählen will, wie ihm ein Wunder widerfuhr.

Timofei Ossipow geriet zu uns noch als ein junger Mann. Ich war damals achtzehn Jahre alt, er aber vielleicht so einige zwanzig. Timoschas Lebensführung war die allerbeste. Warum er vom Gericht zur Verbannung verurteilt worden war, danach fragt man aus Rücksicht unter unseren Verhältnissen nicht, doch hieß es, ein Oheim habe ihn geschädigt. Jener sei des Waisenknaben Vormund gewesen und habe fast dessen gesamtes Gut entweder durchgebracht oder sich angeeignet. Timofei Ossipow aber habe damals, entsprechend seinen jungen Jahren, der Geduld ermangelt; es sei zwischen ihm und dem Oheim zum Streit gekommen, er habe auf den Oheim mit der Waffe eingestochen. Dank Gottes Barmherzigkeit sei nun diese sündhafte Wahnwitztat nicht vor Vollendung gekommen – Timofei habe nur die Hand des Oheims durchstochen. Seiner Jugend wegen sei ihm keine schwere Strafe zuerkannt worden: er ward als einer vom Stande der Kaufleute erster Gilde zum Siedeln zu uns verbannt.

Obwohl Timoschas Vermögen ihm zu neun Zehnteln geraubt worden war, auch mit dem letzten Zehntel ließ sichs leben. Er baute sich bei uns ein Haus und begann in ihm zu wohnen. Das Unrecht jedoch, das er erlitten hatte, kochte in seiner Seele, und lange hielt er sich von jedermann fern. Er saß andauernd zu Hause, und nur sein Knecht und dessen Weib bekamen ihn zu sehen; zu Hause aber las er immerzu Bücher, und zwar die allerfrömmsten. Schließlich wurden wir miteinander bekannt, gera-

de durch die Bücher, und ich begann ihn zu besuchen, er aber nahm mich gern an. Wir fanden Wohlgefallen aneinander.

Zu Anfang ließen meine Eltern mich ungern gehen. Sie wurden aus ihm nicht recht klug: »Man weiß nicht, wer er ist und warum er sich vor allen verbirgt. Möchte er dir nur nichts Schlechtes beibringen.« Ich aber, der ich dem Elternwillen gehorchte, ich sagte ihnen, Vater und Mutter, wahrheitsgemäß, daß ich von Timofei nichts Schlechtes zu vernehmen bekäme und daß wir uns damit beschäftigten, zusammen Bücher zu lesen und vom Glauben zu sprechen, wie man gemäß Gottes heiligem Willen zu leben habe, um das Bild des Schöpfers in sich nicht zu erniedrigen und zu schänden. So erlaubte man mir, bei Timofei zu sitzen, soviel ich wollte, und mein Vater ging selbst zu ihm; danach kam Timofei Ossipow auch zu uns. Meine Alten sahen, daß er ein guter Mensch war, und gewannen ihn lieb, und es begann ihnen leid zu tun, daß er häufig düster war. Gedachte er nämlich des Unrechtes, das man ihm angetan hatte, besonders auch, wenn man vor ihm nur mit einem Wörtchen seinen Oheim erwähnte, so wurde er ganz bleich, war hernach ganz durcheinander und ließ ganz mutlos die Hände sinken. Dann wollte er auch nicht mehr lesen und anstatt seiner üblichen Freundlichkeit leuchtete Zorn in seinen Augen. Er war von musterhafter Ehrlichkeit und ein kluger Kopf; infolge seines Grames jedoch enthielt er sich jedes Unternehmens. Doch seiner Schwermut half der Herr bald ab: Ihm gefiel meine Schwester, er heiratete sie, hörte auf, sich zu grämen, begann vielmehr zu leben und zu gedeihen und zu verdienen und erwies sich nach zehn Jahren vor aller Welt Augen als ein wohlhabender Mann. Er errichtete sich ein Haus mit schönen Stuben; es war mit allem erfüllt, alles hatte er

zur Genüge, er genoß die Achtung aller, und sein Weib war wacker, die Kinder gesund. Was bedurfte es da noch mehr? Man möchte meinen, alles vergangene Leid ließe sich vergessen, er aber gedachte dennoch des Unrechts, das ihm widerfahren, und

einmal, als wir zusammen im Wagen fuhren und in aller Freundschaft plauderten, fragte ich ihn: »Wie nun, Bruder Timoscha, bist du jetzt mit allem zufrieden?«
»Wie meinst du das?« fragte er.
»Hast du jetzt alles wieder, was du in deiner Heimat verloren hast?«
Er aber wurde auf der Stelle ganz bleich und antwortete kein Wort, sondern lenkte nur schweigend das Pferd.
Da bat ich um Entschuldigung. »Du Bruder«, sagte ich, »vergib, daß ich so fragte. Ich dachte, jenes Böse sei schon lange vorbei und vergessen.«
»Es kommt nicht darauf an«, antwortete er, »daß es lange vorbei ist. Es ist vorbei, dennoch denkt man daran.«
Er tat mir leid, nicht jedoch in der Hinsicht, daß er ehemals mehr besessen hatte, doch darin, daß er sich in einer solchen Verfinsterung befand, daß er die Heilige Schrift zwar kannte und gut vom Glauben zu reden verstand, doch das Unrecht so ständig im Gedächtnis bewahrte. Das hieße doch, das Wort Gottes sei ihm nichts nütze?
Ich wurde nachdenklich, zumal ich in allem ihn für klüger als mich selber hielt und von ihm durch gute Gespräche Förderung erhoffte – er indessen gedachte des ihm angetanen Bösen.
Er bemerkte das und sprach: »Woran denkst du eben?«

»Nur so«, sprach ich, »daran, was mir grad einfällt.«
»Nein, du denkst nach über mich.«
»Ich denke auch nach über dich.«
»Was denkst du da von mir?«
»Du, bitte, sei nicht böse. Folgendes dachte ich von dir: Du kennst die Schrift, doch dein Herz ist voller Zorn und unterwirft sich nicht Gott. Hast du denn unter solchen Umständen irgendeinen Nutzen von der Schrift?«
Timofei wurde nicht böse, nur ward er im Antlitz betrübt und finster und sprach: »Du bist nicht kun-

dig genug in der Heiligen Schrift, dich auf sie zu berufen.«
»Da hast du recht«, sagte ich, »ich bin nicht kundig.«
»Kundig bist du auch nicht«, sprach er, »hinsichtlich dessen, was es in der Welt für Unrecht gibt.«
Ich stimmte ihm auch hierin zu, er aber hub an zu sagen, es gebe derartiges Unrecht, daß man es nicht ertragen könne, und erzählte mir, er sei nicht des Geldes wegen gegen seinen Oheim so zornig geworden, sondern aus einem anderen Grunde, der nicht zu vergessen sei: »In alle Ewigkeit wollte ich darüber schweigen, jetzt aber will ich mich vor dir, als vor meinem Freunde, aussprechen.«
Ich sagte: »Sollte dir's helfen, sprich dich aus.«
So eröffnete er mir, daß sein Oheim schon seinen Vater tödlich gekränkt hatte, seine Mutter durch Kummer, den er ihr bereitet, ins Grab gebracht. Ihn selber hatte er verleumdet. Er hatte mit Schmeicheleien und Drohungen gewisse Leute überredet, ihm das junge Mädchen zur Frau zu geben, das Timoscha von Kind auf geliebt hatte und heiraten wollte.
»Kann man denn«, sprach er, »alles das vergessen? Ich vergeb' es ihm zeitlebens nicht.«
»Gewiß«, erwiderte ich, »das Unrecht, das man dir angetan hat, ist groß – das stimmt. Daß aber die Heilige Schrift dir zu nichts nütze ist, ist ebenfalls keine Lüge.«

Er aber führte mir wieder zu Gemüte, daß meine Schriftkunde schwächer als die seine sei, und begann mir auseinanderzusetzen, wie doch nach dem Alten Testamente die heiligen Männer selber die Gesetzesbrecher nicht geschont, ja, sie mit eigenen Händen abgeschlachtet hätten. Wollte doch der Arme derart seine Gesinnung vor mir rechtfertigen.
Ich aber antwortete ihm einfältig: »Timoscha«, sprach ich, »du bist ein kluger Kopf, bist belesen und weißt alles, und ich kann in Sachen der Schrift dir nicht widersprechen. Ich gebe zu, was ich gelesen habe, verstehe ich nicht durchweg, weil ich ein sündiger Mensch und beschränkten Verstandes bin. Doch möchte ich dir sagen, daß im Alten Testamente alles so altertümlich ist und dem Verstande irgendwie zweideutig erscheint, im Neuen aber steht es deutlicher. Dort leuchtet über allem das ›liebe und vergib‹, und das ist köstlicher denn alles, ist wie ein goldener Schlüssel, der jedes Schloß aufschließt. Was aber ist zu vergeben? Etwa irgendeine geringe Verfehlung und nicht gerade die ärgste Schuld?«
Er schwieg.
Da dachte ich: ›Herr, gefiele dir's doch, durch mich ein Wort der Seele meines Bruders zu sagen!‹ Und ich hielt ihm vor, wie sie Christum schlugen, mißhandelten, bespien und mit ihm so verfuhren, daß er nirgends eine Stätte hatte; er aber vergab allen.

»Folge«, sagte ich, »lieber diesem Beispiel und nicht dem Rachebrauche.«
Er aber hub an mit weitläufigen Auslegungen des Inhalts, es habe jemand geschrieben, gewisse Dinge vergeben wäre dasselbe wie das Übel mehren.
Dem konnte ich nicht widersprechen, so sagte ich nur, ich sei besorgt, daß viele Bücher einen um den Verstand brächten. – »Du«, sagte ich, »rüste dich wider dich selber. Solange du des Bösen, das dir widerfahren, gedenkst, ist das Böse lebendig. Laß es nur sterben, dann wird auch deine Seele in Frieden zu leben beginnen.«
Timofei hörte mich an bis zu Ende und drückte mir fest die Hand, redete von nun ab nicht mehr weitläufig, sondern sagte nur kurz: »Ich kann nicht. Laß ab, du machst das Herz mir schwer.«
Ich ließ ab. Ich wußte, er hatte Leid, und schwieg. Doch die Zeit ging hin, und es verstrichen noch sechs Jahre, und all die Zeit beobachtete ich ihn und sah, daß er immer noch litt und daß er, wenn man ihn völlig freiließe und er irgendwo den Oheim träfe, die ganze Heilige Schrift vergessen und dem Rachesatan verfallen werde. In meinem Herzen aber war ich getrost, weil ich da den Finger Gottes wahrnahm; schon begann dieser sich ein wenig zu zeigen; so würden wir gewiß auch die ganze Hand zu sehen bekommen. Der Herr werde meinen Freund aus der Sünde des Zornes erretten.
Das aber verwirklichte sich auf höchst wunderbare

Weise. Damals lebte Timofei schon das sechzehnte Jahr bei uns als Verbannter, und schon waren fünfzehn Jahre vergangen, seit er in den Stand der Ehe getreten war. Er mochte wohl siebenunddreißig bis achtunddreißig Jahre zählen, hatte drei Kinder und ein schönes Leben. Besonders liebte er Blumen – Rosen, und hatte deren viele an den Fenstern wie auch am Bretterzaun. Der ganze Platz vor dem Hause war mit Rosen bepflanzt, und dank ihres Duftes war das ganze Haus voller Wohlgeruch.

Und nun hatte Timofei die folgende Gewohnheit: Regelmäßig, sobald die Sonne tief stand, trat er aus dem Hause, putzte selbst seine Rosenstöcke aus und las alsdann auf der Bank ein Buch. Außerdem, soviel ich weiß, betete er dort auch häufig.

Derart begab er sich auch einmal nach dem Platze und hatte das Evangelium mitgenommen. Er sah nach den Rosenstöcken, dann setzte er sich, schlug das Buch auf und begann zu lesen. Da las er nun, wie Christus zu Gaste zum Pharisäer kam; dort gaben sie ihm nicht einmal Wasser, die Füße zu waschen. Da fühlte Timofei ganz unerträglich die dem Herrn angetane Kränkung mit, und dieser tat ihm so leid, daß er zu weinen anhub darüber, wie jener reiche Hausherr mit seinem heiligen Gaste umgegangen. Und siehe: in diesem nämlichen Augenblicke ereignete sich der Beginn des Wunders, worüber mir Timofei folgendes mitteilte: »Ich blikke«, sprach er, »um mich und denke: Was habe ich

doch für ein Auskommen und einen Überfluß, aber mein Herr ging einher in solcher Armut und Niedrigkeit! Und meine Augen füllen sich ganz mit Tränen, und ich konnte trotz allen Blinzelns ihrer nicht Herr werden; alles um mich aber wurde rosenfarben, selbst meine Tränen. In diesem Zustand, gleichsam unbewußt oder in einer Ohnmacht, rief ich aus: Herr, kämest du zu mir, ich gäbe mich selbst dir hin!«

Ihm aber wehte da plötzlich irgendwoher durch das Rosenlicht im Windhauch die Antwort zu: »Ich werde kommen.«

Timofei kam zitternd zu mir gerannt und fragte: »Wie dünkt dich? Kann der Herr wirklich zu mir zu Gaste kommen?«

Ich antwortete: »Das, Bruder, geht mir über den Verstand. Ließe sich darüber nicht etwas in der Heiligen Schrift finden?«

Timofei aber sprach: »Es ist immer derselbe Christus, heute und in Ewigkeit. Ich wage nicht, es nicht zu glauben.«

»Dann«, sagte ich, »glaub es.«

»Ich werde befehlen, daß man tags ein Gedeck auf dem Tische für ihn bereithalte.«

Ich zuckte die Achseln und antwortete: »Frag mich nicht weiter. Sieh du nur selber zu, was ihm am wohlgefälligsten wäre. Übrigens meine ich nicht, daß ein Gedeck auf deinem Tische ihn kränkte; immerhin, wäre das nicht Hochmut?«

»Es steht geschrieben«, sagte er: »Dieser nimmt die Sünder an und isset mit den Zöllnern.«
»Es steht aber auch das geschrieben«, antwortete ich: »Herr, ich bin nicht wert, daß du unter mein Dach gehest. – Auch das scheint mir am Platze.«
Timofei erwiderte: »Das verstehst du nicht.«
»Gut – wie du willst.«

Timofei ließ sein Weib seit dem folgenden Tage einen überzähligen Platz bei Tische bereithalten. Setzten sie sich zu Tische, zu fünfen – er, seine Frau und drei Kinder – immer war noch ein sechster Platz bereit, der Ehrenplatz am Tischende, davor ein großer Lehnsessel. Die Frau war neugierig: Was heiße das, wozu und für wen sei das bestimmt? Timofei jedoch weihte sie nicht in alles ein. Seinem Weibe und anderen sagte er nur, so müsse es seines innerlichen Gelübdes wegen gehalten werden, »für den vornehmsten Gast, der da käme«. Wer damit wirklich gemeint war, das wußte außer ihm und mir kein Mensch.
Timofei erwartete den Erlöser am Tage, nachdem er das Wort im Rosengarten vernommen hatte, er erwartete ihn auch noch am dritten Tage, danach am nächstfolgenden Sonntag – doch dieses Warten fand keine Erfüllung. Lange noch hielt er mit seinem Warten an: An jedem Feiertage erwartete Timofei immer wieder Christus zu Gaste, und er erschöpfte sich vor lauter Unruhe, ließ aber nicht

nach im Vertrauen, daß der Herr sein Versprechen halten – und daß er kommen werde. Das gestand Timofei mir mit den folgenden Worten: »Tagtäglich bete ich: ja, komm Herr; und warte. Doch höre ich nicht die ersehnte Antwort: ja, ich komme bald.«

Ich war ungewiß, was ich Timofei darauf antworten sollte, und oft dachte ich, mein Freund sei hochmütig geworden und dafür verwirre ihn jetzt eine trügerische Versuchung. Gottes Vorsehung aber fügte es anders.

Das Christfest kam. Es war harte Winterszeit. Timofei kam zu mir am Heiligen Abend und sprach: »Lieber Bruder. Morgen erwarte ich den Herrn.«
Ich pflegte schon lange nicht mehr auf dergleichen Reden zu antworten und fragte damals nur: »Was gibt dir dazu die Gewißheit?«
»Diesmal«, antwortete er, »sobald ich nur das ›Komm Herr‹ gebetet hatte, geriet meine ganze Seele in Bewegung, und es klang in ihr auf wie mit Posaunenschall: ›Ja, ich komme bald‹. Morgen ist heiliges Fest – sollte er nicht an diesem Tage mich besuchen wollen? Komm du zu mir mit der ganzen Verwandtschaft, sonst bebt mir die Seele nur immer vor lauter Furcht.«
Ich sprach: »Timoscha, du weißt, daß ich über dieses alles kein Urteil habe, auch nicht erwarte, den Herrn zu schaun, weil ich ein sündiger Mann bin – doch du bist von unserer Sippe, wir werden zu dir kommen. Du aber, wenn du bestimmt einen so großen Gast erwartest, ruf du da nicht deine Freunde zusammen, sondern suche nach einer ihm wohlgefälligen Gesellschaft.«

»Ich verstehe«, anwortete er, »ich werde sofort meine Knechte und meinen Sohn durch das ganze Dorf schicken und alle Verbannten einladen, die da in Not und Bedürftigkeit wären. Sollte Gott mir die wunderbare Gnade erweisen, daß er käme, soll er alles, wie er es geboten hat, vorfinden.«
Mir schien auch dieses sein Wort nicht recht. »Timofei«, sagte ich, »wer vermöchte alles, so wie es geboten, auszurichten! Das eine verstehst du nicht, das andere wirst du vergessen, das dritte wiederum vermagst du nicht zu erfüllen. Doch wenn dieses alles so stark in deiner Seele posaunt, so sei dem so, wie es dir offenbart wird. Wird der Herr kommen, so wird er alles, was noch gebräche, ergänzen, und solltest du jemand, den er haben will, vergessen, wird er den Erforderlichen selbst herbeiführen.«

Wir kamen am Weihnachtstage zu Timofei mit der ganzen Familie, ein wenig später, als man sonst zu einem Mittagsmahle auf Einladung kommt. Denn so hatte er eingeladen, damit man erst, wenn alle Erwarteten zur Stelle wären, mit dem Mahle beginne. Wir fanden seine geräumigen Stuben voller Leute unserer sibirischen Verbanntenart: Männer und Weiber und das heranwachsende Kindergeschlecht, Leute von jedem Beruf und aus verschiedenen Gegenden, so Russen wie Polen und Bekenner des estnischen Glaubens. Timofei hatte alle die armen Siedler, die seit Ankunft in ihren Wirtschaften noch

nicht auf die Beine gekommen waren, versammelt. Die Tische waren groß, mit Leinen gedeckt und bestellt mit allem Erforderlichen. Die Mägde liefen hin und her und stellten Kwaß und Schüsseln mit Fleischpasteten darauf. Draußen aber begann es schon zu dämmern, auch war niemand mehr zu erwarten; alle Boten waren wiedergekehrt, von nirgendher mehr waren noch Gäste zu erwarten, weil draußen ein Schneegestöber begonnen hatte, ein Stürmen und Wehen, als sei der jüngste Tag hereingebrochen.

Ein Gast nur fehlte noch immer – der werter war als alle.
Schon hätte man die Kerzen anzünden und sich zu Tische setzen müssen, denn es war schon ganz dunkel geworden, und wir alle harrten im Finstern beim schwachen Lichte der Lämpchen vor den Heiligenbildern.
Timofei ging bald umher, bald saß er, er befand sich augenscheinlich in quälender Unruhe. Seine ganze Zuversicht war ins Wanken geraten. Lag es doch schon zutage, daß der »Große Gast« nicht kommen würde.
Es verging noch eine Minute, und Timofei seufzte auf, sah mich traurig an und sprach: »Nun, lieber Bruder, ich sehe, entweder ist es Gottes Wille, mich zum Gespötte zu machen, oder du hast recht: Ich hab's nicht verstanden, alle die Erforderlichen zu versammeln, denen Er begegnen möchte. Alles geschehe nach Gottes Willen; laßt uns beten und uns zu Tische setzen.«
Ich antwortete: »Also bete.«
Er trat vor das Heiligenbild und begann laut zu beten: »Vater unser, der du bist im Himmel« und danach: »Christ wird geboren, lobsinget! Christ kommt vom Himmel, verkündet es, Christ ist auf Erden . . .«
Kaum aber hatte er dieses Wort ausgesprochen, als plötzlich irgend etwas so fürchterlich von außen an die Wand schlug, daß alles zu schwanken anhub;

dann aber fuhr ein lautes Getöse durch den breiten Flur, und unversehens sprang die Stubentür von selbst sperrangelweit auf.
Alle Leute, die dort waren, warfen sich in unbeschreiblichem Schrecken in eine der Zimmerecken, viele stürzten zu Boden, und nur die Wagemutigsten blickten auf die Tür. In der Tür auf der Schwelle aber stand ein uralter Mann, bekleidet mit nichts als schlechten Lumpen, zitterte und hielt sich, um nicht umzufallen, mit beiden Händen an den Wandbrettern fest; hinter ihm her jedoch, aus dem Flur, der unbeleuchtet war, fiel ein unsäglicher rosenfarbener Schein, und über die Schulter des Alten streckte sich in die Stube vor eine schneeweiße Hand; und sie hielt eine länglich gestreckte tönerne Lampe mit einem Flämmchen, wie man sie auf Darstellungen des Nikodemusgespräches gemalt sieht. Der Wind mit dem Schneegestöber tobte da draußen, aber die Flamme brachte er nicht zum Flackern. Und diese Flamme schien dem Alten ins Antlitz und auf die Hand, auf der Hand aber sah man deutlich eine vernarbte alte Schramme, die von der Kälte ganz weiß geworden war.
Kaum erblickte ihn Timofei, so schrie er auf: »Herr, ich sehe ihn und nehme ihn auf in Deinem Namen. Du selbst aber gehe nicht bei mir ein, ich bin ein böser und sündiger Mensch.« Und damit verneigte er sich, mit dem Antlitz bis zum Boden. Mit ihm zugleich aber fiel auch ich nieder aus Freude dar-

über, daß ihn die echte christliche Demut angerührt hatte, und rief aus, daß alle es hörten: »Seien wir des inne: Christus ist mitten unter uns!«
Alle aber antworteten: »Amen!« – das bedeutet: »Es ist gewiß wahr.«
Nun machte man Licht – Timofei und ich, wir richteten uns auf vom Boden, die weiße Hand war schon nicht mehr zu sehen –, nur der Alte war geblieben.
Timofei nahm ihn an beiden Händen und setzte ihn auf den vornehmsten Platz. Wer aber dieser Alte war – vielleicht erraten Sie es selber –, es war Timofeis Feind, der Oheim, der ihn so völlig zugrunde gerichtet hatte. Mit knappen Worten berichtet jener, daß bei ihm alles in Trümmer gegangen sei: Familie und Reichtum seien verloren, er wandere schon lange, um den Neffen aufzufinden und ihn um Verzeihung zu bitten. Er habe danach gedürstet und sich doch vor Timofeis Zorn gefürchtet, in diesem Schneegestöber jedoch den Weg verloren und, dem Erfrieren nahe, geglaubt, sterben zu müssen.
»Plötzlich jedoch«, erzählte er, »leuchtete mir irgendein Unbekannter und sagte: ›Geh hin und wärme dich an meinem Platz und iß aus meiner Schale‹, griff mich an beiden Händen, und so war ich denn hier, weiß selber nicht woher.«
Timofei jedoch antwortete vor allen: »Ich, Oheim, kenne deinen Geleiter. Das ist der Herr, der da gesagt hat: ›Hungert dein Feind, so speise ihn mit

Brot; dürstet ihn, so tränke ihn mit Wasser.‹ Setze dich bei mir auf den vornehmsten Platz und iß und trink Ihm zur Ehre und bleibe in meinem Haus nach Herzenslust bis zu deinem Lebensende.«

Seitdem nun blieb der Alte bei Timofei, und sterbend segnete er ihn. Timofei aber fand für immer Ruhe in seinem Herzen.

So ward dieser Bauer gelehrt, in seinem Herzen eine Krippe für den auf Erden geborenen Christus herzurichten. Und ein jedes Herz vermag gleichfalls zu solch einer Krippe zu werden, falls es das Gebot erfüllt: »Liebet eure Feinde, tut wohl denen, die euch beleidigen.« Christus wird in dieses Herz eingehen wie in eine geschmückte Kammer und wird dort Wohnung nehmen.

»Ja, komm Herr! Ja, komm bald!«

Die Tagediebe

In einer Nachtunterkunft an der alten Dorfstraße waren so viele Leute zusammengetroffen, daß alle Schlafplätze im geräumigen Blockhaus belegt waren. Da hatten sich eingefunden Fuhrleute und Fußwanderer, Schneider und Schnitter, Hausierer und Arbeiter, welche zwecks Instandhaltung der Straße daherkamen. Draußen war es kalt, und alle, die von der Hofseite her eintraten, zog es zuerst, um warm zu werden, an den Ofen; alsdann erst legten sie sich nieder und begannen ihr Gespräch. Anfangs schwatzten sie von Dingen wie Mißernten und Abgaben, schließlich kamen sie auf »göttliche Fügungen« zu sprechen. Sie redeten darüber, warum Gott dem Joseph sieben Jahre im voraus offenbart habe, daß über Ägypten Mißernten kommen werden; jetzt aber tue er dergleichen nicht; jetzt lebten die Leute dahin, ohne der Plage über sich gewärtig zu sein; diese aber sei schon da, und nun breche sie plötzlich ein. Und sie begannen darüber zu reden, ein jeder nach seiner Weise, bis schließlich einer, der oben auf dem Ofen lag, von dorther einfiel und auf einmal aller Aufmerksamkeit an sich fesselte; er sprach also:

»So glaubt ihr denn, daß wir die Plage abwenden

können, wenn uns geweissagt würde, wann sie käme?«
»Versteht sich.«
»Ach wo! Gibt es nicht Dinge genug, die vor aller Augen ganz offen daliegen und abgewendet werden müßten, und wir wenden sie doch nicht ab?«
»Was, zum Beispiel?«
»Nun, zum Beispiel: Was liegt wohl offener zutage, als daß es eine ungeheure Menge armer und unglücklicher Leute gibt und daß, solange es ihrer so viele gibt, kein Mensch wird ruhig leben können? Darüber aber denkt niemand nach.«

»Da haben wir's ja! Hätte man aber eine Weissagung darüber, gewiß, man hätte sich gebessert.«
Jener aber erwiderte vom Ofen her: »Nicht die Spur hätte man sich gebessert! Nicht auf Weissagung kommt es ja an, sondern auf die rechte Vernunft. Doch auf diese Vernunft hört man sowieso nicht; sollten aber Weissagungen kommen, werden sie niemand willkommen sein. Ich bin ja ein alter Mann, ich stehe schon im siebenten Jahrzehnt. Die erste große Hungersnot, auf die ich mich besinne, war sechs Jahre, bevor wir gegen die Ungarn zogen, und damals begab sich bei uns im Dorfe etwas Wunderliches.«
Da unterbrach man ihn mit der Frage, wo er her sei.
Der Erzähler warf rasch, doch unlustig ein: »Aus dem Dorf Tagediebern. Kennst es, was?«
»Nie davon gehört!«
»Dann wirst du also hören, was sich bei uns in Tagediebern zugetragen hat; sieh zu, daß bei euch in eurem Dorfe nichts dergleichen vorkomme. Und jetzt schweigt still, bis ich fertig bin. Mein Märlein ist nicht lang:
Es ging bei uns insofern wunderlich zu, als ringsherum bei niemand das Korn geriet, aber bei uns, gleich wie ein Inselchen, das Feld wohl gedieh – Gott bescherte uns eine mittlere Ernte. Die Umwohner weinten; wir aber dankten Gott und sagten: »Preis sei dir, o Herr!« Daß jedoch die Nachbarn

uns zur Last fallen könnten, wollte keinem einfallen. Die Nachbarn aber beneideten uns alle; sie redeten über uns nur so: »Gottes Lieblinge! Wir befinden uns unter Gottes Strafe, ihr aber seid bei ihm in Gnaden. Und zu welchen Heiligen habt ihr gebetet und welchen Wundertätern habt ihr Gelübde dargebracht?«

Die Unseren indessen taten bereits groß damit, daß sie wirklich bei Gott in Gunst stünden. Wir schnitten, ernteten, fuhren ein, schafften das Getreide in die Darre und droschen es auf der Tenne; das prasselte, als drösche man doppelt! Und gleich darauf ging die Völlerei los: Schlachtvieh wurde gestochen, das Erstlingskorn dem Popen abgegeben, Hausbier gebraut; dann verlegten sich die Bauern auf Schnapstrinken, aber die Weiber dachten vom frühen Morgen an nur noch: »Backen wir Milchbrötchen oder backen wir Fladen?« Und wir fraßen und soffen, uns selber zum Schaden, mehr als nötig.
In den anderen Dörfern würgten sie an Spreu und Ölkuchen, wir aber redeten uns zur Gewissensberuhigung: »Unser ist ja nicht die Schuld, daß bei den anderen Hunger herrscht. Wir haben ihnen ja nicht durch Feldfrevel geschadet, wir haben vielmehr mit ihnen zusammen im Frühjahr Gottesdienst auf den Äckern gehalten. Gott aber, der hat unser Gebet erhört und uns eine gute Ernte herabgesandt, ihnen jedoch keine solche geschenkt. Alles geschieht nach seinem Willen; der Herr ist gerecht. Wir hingegen lassen unsere Nachbarn nicht im Stich und brüsten uns nicht vor ihnen, wir helfen ihnen mit kleinen Gaben bissenweise aus.«
Die Nachbarn aber saßen bei uns wahrhaftig Tag für Tag und andauernd. Und immer kamen sie wieder, und je länger es währte, desto häufiger, und sie wurden uns recht lästig. So kam es, daß man nicht

einmal in seiner Hütte ruhig sitzen konnte, von der Straße ganz zu schweigen, weil man immer hören mußte, wie die Hungrigen einem ihre Kümmernisse vorbeteten:

»Lie-ie-ieblin-ge Goo-oo-ot-tes, um Christi Willen gebt ein heiliges Almosen!« Nun, das erste Mal gibst du was, gibst auch das zweite Mal; wenn es dann

aber noch weiter ans Fenster klopft, sagst du wohl: »Gott wird schon geben, liebe Leute! Nichts für ungut.« Was sollte man da auch machen? – Nun ja, wir waren Gottes Lieblinge; wenn man für jene aber auch fünf ganz große Rundlaibe aufschnitte, hätte man sie doch nicht allesamt satt bekommen; schicktest du sie aber vom Fenster weg, gleich gab es eine andere Not: Man schämte sich auf einmal, für sich selbst Brot abzuschneiden. Das ist klar, wie es klarer nicht sein kann: Der Herr gibt dirs ja in das Herz ein, daß man keinen wegschicken darf, sondern anders zu handeln hat, und solange man das Gehörige nicht tut, ist kein Gedanke daran, in Ruhe zu leben. Das, scheint mir, müßte man doch begreifen; jedoch man begriff es nicht; da kam auch der Weissager, doch man jagte ihn weg.
Bei diesen Worten ging ein Raunen durch das Haus: »Gebt acht, Brüder, gebt acht!«
Der Ofengast fuhr fort: »Dermaßen bedrängten uns die hungernden Nachbarn, daß es uns ganz unerträglich wurde, denn wie wir ihrer Not abhelfen sollten, davon hatten wir keine Ahnung. Doch lebte bei uns ein Waldhüter, Fedoß Iwanow, ein großer Bücherleser, der sich vorzüglich in allen Dingen auskannte. Der begann nun zu sagen: ›Das ist nicht recht, Brüder, daß wir dahinleben, als hätten wir kein Gefühl. Sagt, was ihr wollt, wir betragen uns herzlos: Notleidenden Menschen belieben wir, eine Brotrinde hinzuwerfen. Wäre das Tugend? Für uns

selbst aber stellen wir immer neue Ansprüche. Bald müssen wir Fladen haben, bald Milchbrötchen. Ach, nach Gottes Ordnung dürfte man keineswegs so leben! Ach, nach Gottes Ordnung müßten wir jetzt ein strenges Leben führen, für uns selbst möglichst wenig aufwenden, desto mehr jedoch denNotleidenden abgeben. Dann, möglicherweise, würde uns ums Herz leicht und licht werden, so aber – offen gesagt – geht uns die Luft aus. Vom Unverstand kommt die Verfinsterung; kaum aber beginnt man zu sinnen und sich selbst zu beleuchten, so überkommen einen solche Gewissensbisse, daß man nicht weiß, welche Qual von allen die leidlichste wäre, und bereit ist zu beten: ›Bring mich um, Herr, mit einem Schlage!‹ Fedoß nun, der, wie gesagt, viel gelesen hatte, trug von überall her zusammen, was der menschlichen Besinnung dienlich war, das heißt der Besinnung darüber, was der Mensch zu tun habe... in der Gemeinschaft. Sozusagen: es tut einem nur ein einziger Finger weh, und doch ist der ganze Leib beunruhigt. Jenes Wort Fedossens gefiel den Spielern und Mutwilltreibern in ganz Tagediebern nicht. Mitunter nun sagte er: ›Ihr ehrenwerten alten Leute und ihr, junges Volk, nehmt mir meine Worte nicht übel, meine Worte, die habe ich nicht selbst ausgeklügelt, sondern habe sie von einem anderen genommen. Doch denkt nur selber nach: Diese Leute da, die sich vergnügen wollen, während gleich jenseits der Schwelle andere

notleiden, die denken zu unrecht, sie täten damit niemand ein Leiden; sie säen Neid und sind damit Gottes Widersacher. Jetzt, Brüder, ist es an der Zeit, mit den Leidenden zu leiden, nicht aber, zu feiern, Schnaps zu trinken und dazu Kuchen zu essen.‹
Dieser Worte wegen sahen die Alten scheel auf Fedoß, das junge Volk aber schnatterte ihm zur Antwort: ›Was verlegst du dich, Ohm Fedoß, auf das Predigen! Bist du denn ein Pope, ein ungeschorener, was? Sogar der Pope hat uns keine solche Sittenpredigt gehalten. Wenn Gott uns die Gnade gesandt hat, daß wir zu essen haben, warum sollen wir da nicht lustig sein? Wir essen und trinken ja doch zur Ehre Gottes; haben wir gegessen und getrunken, so stehen wir auf und bekreuzigen uns: Gelobt seist du, Herr! – Was willst du da noch?‹
Fedoß ärgerte sich nicht, er wußte nur sehr wohl, was zu erwidern war: ›Ihr Unvernünftigen! Was für eine Ehre ist denn dabei? Gar keine Ehre ist dabei, daß ihr bis zum Platzen Kuchen freßt, während andere Leute Wickenhülsen herunterschlingen müssen. Ihr aber solltet derart Christo die Ehre geben, daß alle Welt sähe, ihr stündet in seinem Gehorsam. Denn sein ist das Wort, das uns gesagt ward: Daran wird jedermann erkennen, daß ihr meine Jünger seid, so ihr Liebe untereinander habt.‹
Jedoch Fedoß erreichte nichts, und alle erwiderten ihm kurz und bündig nur Unverschämtheiten.

Besonders widerspenstig gegen ihn aber zeigte sich seine eigene Enkelin, Mawrutka – nur sie war ihm übrig geblieben von der ganzen Nachkommenschaft. Er lebte mit ihr zusammen in der Hütte, doch sie war mit ihm niemals einig; solch ein Quirl war sie, hörte nie auf Fedoß, ja pflegte sogar gegen ihn frech zu werden.
›Du‹, sagte sie mitunter, ›du bist schon sehr alt geworden, so machst du alle Welt denn immer nur bange und hast gar keine Fröhlichkeit mehr in dir. Was liegst du immer allen in den Ohren mit deinem Gott und immer wieder Gott? Das haben wir schon in der Kirche gehört, haben uns dazu bekreuzigt und verneigt; jetzt aber wollen wir etwas Lustiges!‹
Er nun erwiderte ihr zuweilen: ›Ei, das ist nicht recht. Mawra. Gott muß man immer vor Augen haben, wie er so überall wandelt und dir vornehmlich sagt, was gut sei und was unnütz.‹
Doch das Mädchen entgegnete darauf immer wieder und immer nur, was ihr einfiel, und schloß dann jedesmal mit dem gleichen: ›Du bist nur ein einfacher Bauer und kein Pope; ich will dir nicht folgen.‹
Er aber sagte darauf: ›Ja, ich bin ein einfacher Bauer und dränge mich nicht unter die Popen. Jedoch hast du nicht zu überlegen, wer ich bin, vielmehr nur meine Worte zu überlegen. Haben sie es doch auf das Gute abgesehen, und kommen sie doch aus dem Mitleid.‹

Die Enkelin aber entgegnete: ›Schon gut; Jugend aber hat sich nicht mit Mitleid zu befassen. In der Jugend probiere man sein Glück.‹
Da konnte Fedoß ihr nur antworten: ›Nun, was soll man dabei machen? Probier es, doch du wirst davon nicht satt!‹

So kam es, daß allenthalben, wo die Leute mit Großvater Fedoß nur zusammentrafen, sie alle sich sofort gegen ihn erhoben. Er aber wiederholte ihnen immerzu, man lebe still, ohne Lärm und Dröhnen. Nie aber einigte er sich mit jenen; und daheim, feiertags, gab es mit Mawrutka häuslichen Unfrieden. Sie bedrängte ihn: ›Großvater, gebt Mehl heraus zum Beuteln. Ich will Fladen backen.‹
Er aber wollte nicht und sprach: ›Iß Brot. Such nicht, besonders zu sein vor den anderen.‹
Mawra nun ärgerte sich: ›Gott selbst hat uns ausgesondert. Du aber willst uns nur immerzu quälen.‹
Fedoß hinwieder entgegnete: ›Ach, dummes Ding du! Noch weiß man gar nicht, wozu ihr ausgesondert seid: vielleicht gar nicht zur Freude, sondern zur Lehre.‹
Und wie Mawrutka sich einmal derart über Fedoß ärgerte, fuhr sie ihn nur so an und sagte: ›Gott verhüte, daß ich noch lange mit dir zusammenhause; wenn du doch stürbest!‹
Aber auch da ärgerte Fedoß sich nicht: ›Was ist denn dabei? – Gar nichts. – Wart nur, bald werdet

ihr mich begraben, vielleicht aber werdet dann ihr an mich denken.‹
Die jungen Leute jedoch brachen in Gelächter aus: ›Auch das noch! Gerade an dich, alten Raunzer, werden wir denken!‹
Aber auch die Alten, die Fedoß »ehrenwert« nannte, standen nicht auf seiner Seite; sie redeten mitunter gleichfalls: ›Was überhebt er sich – will wohl besser sein als alle anderen in Tagediebern? Wir aber kennen ihn zur Genüge; wir haben zusammen mit ihm Schnaps gesoffen und mit Weibsbildern Reigen getanzt – was hat er da großzutun?‹ Das hören die Jungen; sie freuen sich des, und der oder jener freche Bursch macht sich an ihn heran und beginnt: ›Ohm Fedoß?‹
›Was willst du?‹
›Hör mal, was die Alten von dir erzählen.‹
›So, so, rück nur heraus damit. Will mir's anhören.‹
›Sie sagen ... du hättest ... ich schäme mich, es zu wiederholen.‹
›Nun, was denn? Was denn? Nicht an dir ist es doch, dich zu schämen.‹
›Als du noch jung warst ...‹
›Jawohl, da war ich ein Unflat ... Keine Schule hatten wir damals, Brüder, Schlachtfelder gab es da wohl, aber keine Schule.‹
›Sie sagen, du hättest einer Soldatenfrau in den Fasten Naschwerk zugesteckt.‹

›Ja, und noch Ärgeres, Brüder, habe ich angestellt. Gott sei Dank, vieles davon habe ich bereits vergessen; offenbar hat Gott es vergeben. Jedoch die Leute gedenken es noch immer. Führt kein solches Leben, Brüder, wie ich es führte; führt ein besseres Leben, damit den Leuten kein Anlaß werde, euch Schlimmes nachzusagen.‹
Wir aber, von Mal zu Mal immer mehr in die Irre gehend, verfielen vor der Weihnachtswoche in eine solche Zuchtlosigkeit, daß uns Milchbrötchen und Fladen nicht mehr genügten; wir begehrten Lustbarkeiten und Spiele zu veranstalten. Wir kamen überein, hinterrücks unserer Alten uns möglichst absonderlich zu verkleiden – in Bären und Teufel, die Mädchen aber in Zigeunerinnen –, über den Fluß auszureißen nach einem Kruge und dort unsere Späße zu treiben. Doch Fedoß bekam von der Sache irgendwie Wind und hub zu knurren an. ›Ach, ihr Schamlosen‹, sprach er: ›Wollt ihr derart an den Hungernden vorüberziehen, um sie mit euren Liedern zu necken? Hör, Mawra, meine Erlaubnis bekommst du nicht.‹
Wir alle nun versuchten Mawrutka bei Fedoß freizubitten: ›Laß sie doch mit uns gehen, Fedoß Iwanowitsch; was mußt du sie immer und ewig plagen?‹
Er aber antwortete: ›Geht, ihr Hohlköpfe! Was hat das mit plagen zu tun, hält man ein Menschenkind ab, sich zum Narren zu machen?‹

›Nun ja, so bist du immer. Von allen verlangst du immer Weisheit.‹

›Keine Weisheit‹, erwiderte er. ›Ich verlange nur, was Gott gebührt: Verständnis für den Nächsten. Hat der Nächste Kümmernis, so hast du nicht zu springen und zu tanzen.‹

›Ginge es dem Nächsten deshalb schlechter?‹

›Versteht sich. Führe ihn nicht in Versuchung, und dir selber zerstör nicht die Besinnung auf die Güte.‹

›So. Da kommst du schon wieder mit deinen Besinnlichkeiten; wir haben das satt. Doch, nicht wahr, als du jung warst, da hast auch du nicht nachgesonnen, sondern dich vergnügt wie alle anderen.‹

›Was macht das aus?‹ antwortete Ohm Fedoß: ›Ich habe euch doch schon öfters eingestanden, daß ich in jungen Jahren viel Schlechtes getan habe; sollte ich deshalb euch jetzt anraten, Schlechtes statt Gutes zu tun? Ach ihr Unvernünftigen! Mit einem Betrunkenen muß man nicht reden, solange er betrunken ist, sondern wenn er sich ausgeschlafen hat. Wäre ich aber kein sündiger Mensch, sondern ein Gerechter, so spräche ich mit euch wohl auf eine ganz andere Manier. Ich sagte euch vielleicht gerade heraus: Gott verbietet euch das, und es ist möglich, daß seine Strafe euch deshalb überkomme.‹

Dieser Worte wegen fielen alle über Fedoß her. ›Nein, nein!‹ schrien sie los: ›Was krächzest du

immer wie ein Rabe! Das alles hast du selber ausgedacht. Von der Fröhlichkeit ist sogar in der Kirche die Rede: König David hat gespielt und getanzt, und nicht wenig Wein ist auf der Hochzeit getrunken worden. Du, stell du nur kein willkürliches Gesetz auf – nichts von dem allen ist uns verboten! Wollte aber Gott das Volk auf eine andere Bahn führen, so würde er nicht dich dazu hersenden, sondern einen besonderen Boten und Verkünder.‹
Fedoß wollte uns noch beibringen, es sei nicht unsere Sache zu beurteilen, welchen Boten Gott hierhin oder dorthin entsende; auch sei das Wort Gottes geistlich und streue seinen Samen aus, einerlei, durch wen es zu einem gelange: ›Wer im Sinne Gottes spricht, auf den muß man auch hören und hat auf keinen anderen Boten zu warten. Kommt aber ein besonderer, so mag's wohl geschehen, daß man ihn nicht versteht.‹
Nun, wie sehr sich auch alle mit dem Großvater herumstritten, sie schämten sich doch, ihm offen zuwiderhandeln; denn obwohl wir wegen dessen, was die Alten von den bewußten Fasten erzählten, Fedoß gleichsam weniger achteten, so fiel uns danach doch wieder ein, daß er schon längst zu einem Rechtschaffenen geworden war, indessen die ›Ehrenwerten‹ sich immer noch um jene Fasten kümmerten. Ein Sünder – ja, er war wirklich ein Sünder gewesen; doch jetzt hatte er sich schon abgeklärt und dem Guten zugewandt. Unseren Vorsatz

nun freilich, den wollten wir ausführen, nichtsdestoweniger aber schämten wir uns vor ihm. So begannen wir uns denn mit unsern Anschlägen vor ihm zu verbergen und trafen die Übereinkunft, uns am Weihnachtsabend allesamt in der Dorfscheuer zu versammeln, dort aufeinander im Winkel, im Stroh, zu warten, dann aber in hellen Haufen verkleidet zum Krugwirt hinüberzulaufen. Wir wußten ja, daß es beim Wirte ein Fest geben werde, wie sich's gehört: einen Ochsen hatte man geschlachtet, drei Schweine gestochen und zwei Faß Malzbier gebraut. Auf denn, schlagen wir uns voll, mögen auf dem Rückweg die Mädchen sehen, wo sie bleiben! Solche Absichten waren bei uns aufgekommen! Wir machten uns viel zu schaffen: verschiedene Vermummung trugen wir zusammen und versteckten sie an geheimen Plätzen. Wir lebten in steter Angst, die bedürftigen Nachbarn möchten uns beobachten und unsere versteckten Schätze sehen.

Bis kurz vor dem Weihnachtsabend verabfolgten wir ihnen immer noch kleine Bissen, doch tags vor dem Feste sagten ihnen die Weiber und Mädchen: ›Hört mal, ihr Bedürftigen! Daß ihr euch ja nicht untersteht, morgen herüberzukommen, morgen wollen wir uns mit heißem Wasser waschen und die Bänke mit Beilen sauber schaben. Morgen sind wir für euch nicht zu haben. Behelft euch so!‹

Mawrutka gedachte, ihre Festkleider nach der Scheuer zu schaffen, sobald Großvater Fedoß in

den Wald gegangen wäre; und nun, als sie alles, was nötig war, bei sich in der Hütte gewaschen und sauber geschabt hatte und zum Fenster hinauslugte, gewahrte sie, daß auf der Straße ein nasses Schneewehen derart tobte, daß man kaum würde Luft schöpfen können. ›Auf, jetzt spring ich rasch hinüber, sonst kommt der Großvater heim.‹ Und kaum, daß sie die Haustür aufgetan hatte und daß das Schneewetter ihr den Atem benahm, siehe, da stand dicht vor ihren Augen auf dem Mühlstein neben der Schwelle ein Bettelkind, und irgend etwas an ihm war gleichsam besonders: ein zartes Gesichtchen hatte es und nichts anderes als ein zerrissenes Kleidchen, dieses aber hatte auf beiden Schultern mit Stroh gestopfte Löcher, als wären ihm dort Flügelchen zerbrochen, in Stroh gewickelt und an Ort und Stelle wieder befestigt worden.
Mawrutka ärgerte sich über das Kind: ›Was hast du hier zu suchen?‹ sprach sie, ›was kommst du her an einem solchen Tage? Ach, hol der Teufel euch alle!‹
Aber das Kind stand da und guckte sie mit großen Augen an.
Das Mädchen sprach: ›Was starrst du mich an mit deinen Glotzaugen? Mach, daß du wegkommst! Fort!‹
Doch das Kind stand noch immer da.
Da drehte Mawrutka es um und versetzte ihm einen Stoß: ›Weg mit dir in den Sumpf!‹

Sie selber aber rannte los und spürte nicht die geringste Unruhe in der Seele, weil jenen doch allen mitgeteilt worden war, sie dürften an diesem Tage nicht herüberkommen; was schleppte dieses Kind sich denn her?
So rannte Mawra zur Scheuer und drinnen schnurstracks nach dem äußersten Winkel; dort, im trokkenen Stroh, vergrub sie ihren gesamten Feststaat; doch als sie sich erhob, um sich auf den Heimweg zu machen, sah sie, daß das glotzäugige Kind in der Scheunentür stand.
Mawrutka geriet in Wut über das Kind. ›Du Grindkopf‹, rief sie, ›du gehst mir immerzu nach, um mir mein Gut zu stehlen! Das bringe ich dir schon bei!‹
Und sie warf einen schweren Dreschflegel gegen das Kind, und dieser Dreschflegel war so schwer, daß er es sofort hätte totschlagen können. Doch Gott war gnädig, sie traf vorbei, geriet aber darüber erst recht in Wut und rannte hinter dem Kinde her. Dieses aber war vielleicht um die Ecke entwischt oder hatte sich vor Schreck in eine Darre verkrochen. Jedenfalls fand Mawrutka es nicht und begab sich eilig nach Hause. Und sie hastete, um heimzugelangen vor Großvater Fedoß' Rückkehr aus dem Walde. Und Angst überkam sie, als stünde irgendein Unheil vor ihr oder jagte hinter ihr her.
Doch je hastiger sie lief, desto mehr verging ihr der Atem; und nun mußte sie sehen, daß vor ihrem

Hause auf dem vorspringenden Sockel anscheinend irgend etwas saß.
Mawrutka stutzte und lugte stärker hin; was sollte das heißen, saß denn da wieder das glotzäugige Kind?
Eine ihrer Altersgenossinnen kam des Wegs mit einem Eimer und fragte sie: ›Was fehlt dir? Hast du dir etwa den Fuß verstaucht?‹
Aber Mawrutka winkte ihr nur zu und sprach: ›Hör mal, kannst du von hier aus unser Haus sehen?‹
Sie antwortete: ›Ich sehe es.‹
›Aber was ist denn das, was dort bei uns unterm Fenster auf dem Haussockel sitzt?‹
›Das ist dein Großvater Fedoß, der dort sitzt.‹
›Sind deine Augen hühnerblind geworden?‹
›Ach wo! Ich sehe ihn ganz deutlich: Eben stützt er die Hände, die in Fausthandschuhen stecken, auf die Krücke seines Stockes auf und scheint schwer geplagt; arg setzt ihm die Atemnot zu.‹
›Und das glotzäugige Kind siehst du dort nicht?‹
›Das glotzäugige Kind ist heute durch das ganze Dorf gestreunt; jetzt aber ist es verschwunden.‹
Mawrutka aber sagte ihr, sie habe eben erst das glotzäugige Kind gesehen, und es habe ihr nachgespürt, wo sie ihren Feststaat vergraben habe. ›Und jetzt‹, fuhr sie fort, ›denke ich immerzu, daß dieses Ekel ihn herausscharren und stehlen wird.‹
›Geh, und versteck die Sachen rasch anderswo.‹
›Ich werd hinlaufen.‹ – Jedoch, schon wurde ihr

bewußt, daß es ihr im Augenblick in der Scheuer nicht geheuer vorkommen werde.

Daheim aber wurde Mawra mit dem Großvater wieder uneins, so daß er ihr sagte: ›Du hast dir wohl augenscheinlich vorgenommen, irgendwie deinen Willen durchzusetzen. Gib acht, daß es kein Unglück gebe.‹
Sie erwiderte: ›Du wirst mich nicht abhalten.‹
›Wozu gewaltsam abhalten? Das ist gar nicht vonnöten. – Du aber, was gefällt dir denn dabei so gut? – Mögen nur auf dem Heimweg die Burschen euch nichts antun!‹
›Da krächzt er, da krächzt er schon wieder! Wir fürchten niemand. Dort aber gibt es ein Fest, wie sich's gehört. Man hat ein Öchslein und drei Schweine geschlagen und hat Malzbier gebraut.‹
›Siehe da, was für Verrücktheiten angestellt werden: Sauferei, Schlächterei ...‹
›Dir tun wohl die Schweine leid?‹
›Selbst ein Sperling täte mir leid; auch über seinem Köpfchen waltet eine höhere Vorsehung.‹
›Über dem Sperlingsköpfchen?‹
›Jawohl.‹
›Eine Vorsehung?‹
›Ja.‹
›Pfui!‹ – Mawrutka spuckte in hohem Bogen hörbar aus.
Der Großvater fragte: ›Warum spuckst du?‹

›Auf deine Worte spucke ich.‹
›Spuck nur auf die meinen. Aber sei nicht frech gegen den Herrn des Hauses.‹
›Das habe ich nicht nötig.‹
›So, so.‹
›Jawohl. Laß ihn nur Pferden, die ihm unlieb, die Mähnen zausen!‹
›Was faselst du da, du unvernünftiges Kind! Ich spreche zu dir von dem, für den wir alle zu arbeiten schuldig sind.‹
›Nun, das verstehe ich nicht, will's auch nicht verstehen.‹
›Was, das Arbeiten?‹
›Ja.‹
›Einmal wirst du schon arbeiten; nicht alle arbeiten aus freien Stücken, manche werden dazu gezwungen. Auch du wirst noch arbeiten.‹
Trotz ihres Ärgers lachte Mawrutka laut auf und sprach: ›Genug, Großvater. Wahrhaftig, man sieht: es stimmt, du bist nicht mehr bei Troste.‹
Aber der Großvater sah sie nur an und entgegnete ihr: ›Der Herr sei mit dir, du Kluge!‹ und kroch auf den Ofen, sie aber nahm von dem Wandbrett seine Laterne mit dem Lichte drin und rannte nach der Scheuer, um ihren Staat zu verstecken.
In der Scheuer war bereits alles dunkel, und es drang von allen Seiten die Furcht auf sie ein und mit dieser das Grauen: Es packte sie geradezu an der Schulter und verwirrte ihr die Beine. Sie dachte:

›Rasch mache ich Licht; da werde ich schon dreister werden.‹ Sie strich ein Streichholz an, ein-, zweimal, da ward ihr, als flattere ihr etwas dicht am Gesicht vorüber. Sie steckte die Laterne an und bekreuzte sich, kaum aber war sie im Winkel beim Stroh angelangt, da flog auf einmal von der einen Seite ein

Vögelchen auf sie los, von der anderen ein anderes; ganz so, als wollten sie sie nicht heranlassen.
Und da merkte sie, daß ihr das nicht nur so vorkam, sondern daß es in Wirklichkeit so war, von irgendwoher flogen die kleinen Sperlinge zusammen, flatterten ins Licht und fielen auf das Stroh und saßen da gesträubten Gefieders und schauten sie an.
›Rasch reiß ich die Sachen heraus und lauf weg!‹ dachte Mawra und begann mit den Händen hastig das Stroh umzuwühlen; da plötzlich regte sich etwas unter ihrer Hand und krabbelte. Sie griff fester zu; wer weiß woher, es war wieder ein Sperling, und der zappelte und kreischte.
›Pfui Teufel, was hast du hier zu suchen, Verdammter!‹ Sie griff ihn und riß ihm das Köpfchen ab, bemerkte aber nicht, daß sie in ihrer Wut die Laterne umwarf und von dieser das ganze Stroh mit einemmal Feuer fing. Dorther aber, aus dem Haufen – was mögt ihr dazu sagen? – erhob sich das glotzäugige Kind, und auf seiner kleinen Stirn quoll Blut. Da freilich vergaß Mawra alles und stürzte weg, doch das Feuer verbreitete sich bei dem Sturm über den ganzen Ort und vernichtete in einer Stunde alles, wovon wir lebten und womit wir großtaten.
Da ging es uns schlechter als allen denen, die uns zur Last gewesen waren, da bei uns ja nicht nur alles Korn verbrannte, sondern wir auch kein Obdach mehr hatten; und so begaben wir uns alle zu unseren

Bettlern, um sie anzuflehen, daß wir bei ihnen bis zu den warmen Tagen wohnen dürften! Großvater Fedoß hatte sich beim Brande ganz und gar versengt und stand nicht mehr auf; aber immer noch sagte er dasselbe und redete tröstlich zu den anderen: ›Macht nichts‹, sagte er: ›Alles, was Gott schickt, ist gut. Ja, als wir noch als Gottes Lieblinge lebten, haben wir wohl ganz und gar die Besinnung verloren, begehrten immer nur, unsere Torheiten auszuführen, jetzt aber wird Gott uns wieder auf die rechte Bahn hinleiten.‹

Und so starb er auch mit diesen Worten und in diesem Glauben!

Was das aber für ein Kind gewesen war und woher es gekommen und wo es beim Brande geblieben, das brachte man auch hernach niemals in Erfahrung; nur begann die Rede zu gehen, es sei ein Engel gewesen und wir, wie es den Anschein habe, wir seien wohl wegen unserer Gefühllosigkeit gegen ihn bestraft worden.

›Einerlei, wer es auch gewesen sein mag‹, hatte schon Fedoß gesagt, ›ein armes Kind ist immer Gottes Bote; mittels seiner stellt Gott unser Herz auf die Probe.‹ Ihr alle aber seid auf der Hut, kann doch jedem von euch solch ein Bote begegnen!«

Der Heckrubel

Immer noch ist der Ammenglaube weit verbreitet, man könne vermittels übernatürlicher Kräfte in den Besitz eines Heckrubels gelangen, das heißt eines Rubels, der stets wohlbehalten in die Tasche zurückkehrt, wie oft man ihn auch ausgeben möge. Um aber eines solchen Rubels habhaft zu werden, muß man viele Ängste überstehen. Was alles zu tun ist, vermag ich nicht mehr aufzuzählen; nur eines weiß ich noch: Man muß eine schwarze Katze ohne jeden Flecken suchen, sich mit dieser in der Weihnachtsnacht an der Kreuzung vierer Straßen, von denen eine unbedingt zum Friedhof zu führen hat, begeben und dort die Katze zum Kauf anbieten. An der Kreuzung muß man stehenbleiben, die Katze recht zwicken, bis sie zu miauen anfängt, und selber fest die Augen schließen. Dies alles muß zudem wenige Minuten vor Mitternacht geschehen, denn mit dem Glockenschlag der zwölften Stunde wird plötzlich einer auftauchen, der die Katze erwerben will. Er wird für sie viel, viel Geld bieten, derjenige jedoch, der die Katze feilhält, darf nur *einen* Rubel fordern – nicht mehr und nicht weniger als einen einzigen Silberrubel. Der Käufer wird versuchen, dem Verkäufer eine größere Summe aufzuschwatzen, aber dieser darf sich nicht irremachen lassen, sondern muß zäh auf dem Seinen bestehen; hat er aber den Silberrubel endlich erhalten, so muß er ihn eiligst in die Tasche tun, ihn dort fest umklammern und so schnell wie möglich davonlaufen; er darf sich jedoch nicht umschauen. – Solch ein Rubel eben ist der Heckrubel, der Rubel, der sich nicht ausgeben läßt – denn so vielerlei Gegenstände man auch mit ihm erwerben mag, flugs ist er wieder in die Tasche zurückgekehrt. Um hundert Rubel zu zahlen, hat man nichts weiter zu tun, als hundertmal in die

Tasche zu langen und immer wieder denselben Rubel daraus hervorzuholen. Dies ist natürlich ein törichter, durch nichts begründeter Aberglaube, jedoch sind auch heutzutage Leute noch einfältig genug, um insgeheim zu glauben, man könne wahr und wahrhaftig einen solchen Rubel ergattern. Ich für mein Teil glaubte als kleiner Junge fest daran.

In solchen Kindertagen erzählte mir in einer Weihnachtsnacht meine Kinderfrau während des Zubettbringens, in dieser Nacht pflegten gar viele im Dorf wachzubleiben, sie schlügen dann Karten oder vermummten sich und versuchten die Zukunft zu deuten, und manche gar mühten sich ab, einen Heckrubel zu gewinnen. Ausführlich malte sie mir aus, wie schlimm es jenen Menschen zumute sein müsse, die ausgezogen wären, sich einen Heckrubel zu erringen; ihnen stünde nun bevor, zu einer fernen Straßenkreuzung zu schleichen und dort mit dem Teufel, Auge in Auge mit ihm, um den Preis der schwarzen Katze zu feilschen; freilich gäbe es für solche hinterher auch Freuden ohne Zahl. Was für Herrlichkeiten könnte man nicht alle mit einem solchen unausgebbaren Rubel erstehen! Zu denken, was ich alles anstellen könnte, hielte ich in meinen Händen einen solchen Rubel! Ich war damals acht Jahre alt, aber ich war trotz meiner jungen Jahre bereits in Orel und in Kromy* gewesen und kannte mich

* Städte in Mittelrußland

daher aus in den wunderbaren Erzeugnissen der russischen Kunst, wie sie die Händler zum Weihnachtsmarkt auch in unseren Landkreis brachten. Mir war wohlbekannt, daß es auf der Welt braune Lebkuchen aus Honig und weiße mit Zuckerguß gab und Kandisstangen und Zuckerln und ferner eine Näscherei, die wir als süßes Allerlei bezeichneten; ich wußte, daß es einfache Nüsse gab und auch gebrannte, und für eine gutgefüllte Tasche gar Rosinen und Datteln! Und Bilder von Generälen gab es

und tausend andere Dinge, die ich alle nicht kaufen konnte, denn ich würde für meine Einkäufe keinen Heckrubel erhalten, sondern nur einen gewöhnlichen Silberrubel. – Allein da beugte sich die Kinderfrau ganz nahe zu mir und raunte mir zu, dieses Mal würde alles ganz anders sein, denn meine Großmutter besitze einen solchen unausgebbaren Rubel und habe beschlossen, ihn mir zu schenken; nur müsse ich gar sorgsam mit ihm umgehen, um den Wunderrubel nicht einzubüßen, denn mit seiner Zauberkraft verbinde sich eine höchst launische Eigenschaft.
»Welche denn?« fragte ich.
›Das wird dir deine Großmutter selber erzählen. Jetzt schlafe schön, und morgen, wenn du aufwachst, bringt dir deine Großmutter den Heckrubel und sagt dir, wie du ihn zu hüten hast.«
Die Kinderfrau hatte mich nicht belogen; im Nu – ich merkte es kaum – war die Nacht vorüber, und schon stand meine Großmutter in ihrer großen Haube vor meinem Bettchen, und ihre weißen Hände hielten eine reine neue Silbermünze von saeuberster Prägung.
»Hier hast du einen Heckrubel«, sagte sie. »Stecke ihn ein und gehe in die Kirche. Nach der Messe werden wir alten Leute bei Vater Wassilij, dem Geistlichen, Tee trinken; du aber kannst derweilen allein auf den Weihnachtsmarkt gehen und kaufen, was dein Herz begehrt. Bist zu handelseins gewor-

den, so fahre mit der Hand in die Tasche und zahle mit dem Rubel, er wird flugs wieder in deine Tasche zurückkehren.«

»Gewiß«, meinte ich, »daß weiß ich schon«, und umklammerte den Rubel, so fest es nur ging.

Großmutter aber sprach weiter: »Der Rubel kehrt zu dir zurück, das stimmt; das ist seine gute Eigenschaft – und verlieren kann man ihn auch nicht; aber er besitzt noch eine zweite Eigentümlichkeit, eine recht peinliche zudem: Er wird so lange in deiner Tasche weilen, wie du Dinge für ihn erstehst, die dir oder anderen nötig und dienlich sind; verschwendest du jedoch, und sei es nur für eine Kopeke, dein Geld an etwas völlig Nutzloses, dann wird der Rubel auf und davon und für immer verschwunden sein.«

»Großmama, ich bin Ihnen sehr dankbar, daß Sie mir das sagen«, antwortete ich, »aber glauben Sie mir, ich bin nicht mehr so klein, um nicht Nützliches vom Nutzlosen unterscheiden zu können.«

Lächelnd mit dem Kopf schüttelnd, meinte Großmutter, daß sie in dieser Hinsicht so ihre kleinen Bedenken habe; allein ich ereiferte mich, ich wisse sehr wohl, wie man leben müsse, wenn man so reich sei. »Ausgezeichnet«, sagte Großmutter, »aber für alle Fälle vergiß nicht, was ich dir ans Herz gelegt habe.«

»Seien Sie unbesorgt. Sie werden sehen, ich werde zu Vater Wassilij mit wunderbaren Einkäufen kom-

men und dennoch meinen Rubel heil und ganz in der Tasche haben.«
»Schon gut, wir werden ja sehen – es soll mich freuen. Dennoch, sei nicht zu selbstbewußt und bedenke, daß es nicht immer leicht ist, Nützliches vom Überflüssigen und Törichten zu unterscheiden.«
»Vielleicht wäre es doch besser, Sie gingen mit mir auf den Markt?«
Dazu war Großmutter gern bereit, aber sie machte mich aufmerksam, daß sie mir keinerlei Ratschläge werde erteilen oder mich von Fehlern und Unbedachtsamkeiten werde zurückhalten können; wer nämlich Besitzer eines Heckrubels sei, dürfe sich von niemandem beraten lassen, sondern müsse nur nach seinem eigenen Gutdünken handeln.
»Ach, liebstes Großmütterchen«, schmeichelte ich, »sie werden gar nicht erst in die Verlegenheit kommen, mir ratend beistehen zu müssen – ich werde Sie anschauen und in Ihren Augen alles lesen, was mir zu wissen not ist.«
»Gut, dann wollen wir also gemeinsam hingehen!« Und sogleich schickte sie ein Mädchen zu Vater Wassilij mit der Botschaft, sie werde erst später hinkommen. Wir beide aber wanderten gemeinsam auf den Weihnachtsmarkt.

Es war herrliches Wetter, linder Frost mit leichtem Dunst; satt roch die Luft nach weißen Bauerngama-

schen, nach Lindenbast, Grütze und Schafpelzen. Viel Volk war zusammengeströmt, alle mit dem Besten angetan, das sie besaßen. Die Buben aus wohlhabenderen Häusern hatten von ihren Vätern alle je einen Groschen Jahrmarktsgeld bekommen und dieses Kapital bereits in kleinen Tonpfeifen angelegt, mit denen sie ein wildes Konzert veranstalteten. Die ärmeren Kinder dagegen, die ohne Groschen geblieben waren, lungerten am Zaun und leckten sich nur neiderfüllt die Lippen. Ich fühlte es, sie ersehnten heiß, gleichfalls solch wundervolle Instrumente zu besitzen, um mit hingegebenem Herzen in der allgemeinen Harmonie zu verschmelzen, und ich schaute Großmutter an.

Tonpfeifen gehören ja eigentlich nicht zum Notwendigen, und nützlich waren sie schon gar nicht; jedoch konnte ich auf Großmutters Gesicht keine Mißbilligung lesen wegen meiner Absicht, allen armen Kindern solche Trillerpfeifen zu kaufen. Vielmehr verriet das gütige Gesicht eher eine Art Wohlwollen, das ich für Zustimmung nahm; stracks fuhr ich daher mit der Hand in die Tasche, zog den Heckrubel hervor und erwarb eine ganze Schachtel Trillerpfeifen und bekam sogar noch etwas Kleingeld zurück. Ich steckte es in die Tasche und tastete dabei nach meinem Heckrubel; ganz wie vor dem Einkauf fand er sich heil und unversehrt darin. Und doch hatten alle Kinder ihre Pfeifchen bekommen, und sie waren nun genauso selig wie die reicheren

und trillerten aus vollen Lungen; Großmutter aber und ich gingen weiter, wobei sie zu mir sagte: »Du handelst ganz recht, denn auch arme Kinder wollen spielen und vergnügt sein, und wer in der Lage ist, ihnen eine Freude zu bereiten, muß stets bestrebt sein, es auch zu tun. Damit du siehst, daß ich recht habe, stecke die Hand in die Tasche und fühle nach, ob dein Heckrubel noch da ist.«
Ich tat es – der unausgebbare Rubel war in der Tasche. Aha, überlegte ich, nun weiß ich, worauf es ankommt, und brauche nicht mehr bange zu sein. Als nächstes trat ich an eine Bude, in der man

buntbedruckte Stoffe und Tücher feilhielt, und erstand dort für jede unserer Landarbeiterinnen ein Tuch, für die eine ein rosafarbenes, für die andere ein himmelblaues, für die alten Frauen aber himbeerfarbene Kopftücher; doch ein jedes Mal, wenn ich die Hand zum Zahlen in die Tasche steckte, fand sich mein unausgebbarer Rubel wieder vor. Darauf kaufte ich für die Tochter der Wirtschafterin, die demnächst heiraten wollte, zwei Spangen aus Karneol*; mir war nicht ganz wohl dabei, aber Großmutter blickte nach wie vor gütig drein, und tatsächlich stak auch nach diesem Einkauf der Heckrubel wieder in meiner Tasche.
»Eine Braut mag sich ruhig putzen«, erklärte Großmutter, »dieser Tag ist der erinnerungsschwerste im Leben eines jeden Mädchens, und man tut gut daran, ihm Freude zu bereiten – ein Mensch mit frohem Herzen betritt kühner den neuen Lebenspfad –, und vom ersten Schritt hängt gar viel ab. Es war eine gute Tat, die arme Braut zu erfreuen.«
Nun kaufte ich auch für mich selber ein: viel Süßigkeiten und Nüsse und an einem anderen Stand ein dickes Buch »Der Psalter«, ein solches, wie es vordem auf dem Tisch unserer Viehmagd gelegen hatte. Die arme Alte hatte dieses Buch sehr geliebt, allein zu ihrem Unglück hatte das Zuchtkälbchen, welches mit der Viehmagd die Hütte teilte, den

* ein rot bis gelblich gefärbter Schmuckstein

gleichen Geschmack gehabt. Bei dem Überschuß an freier Zeit hatte sich dieses Kälbchen in einer Stunde glückseligen Müßigganges daran gemacht, die Seiten des »Psalters«, insbesondere dessen Ecken anzuknabbern. So war die arme Alte um die Freude gekommen, weiterhin in den Psalmen zu lesen oder zu singen, aus denen sie sich bisher Trost geholt; ihre Trauer darüber war herzzerreißend.
Dessen war ich gewiß: Wenn ich der armen Alten dieses neue Buch als Ersatz für das verlustig gegangene kaufte, erwarb ich weder etwas Unnützes noch etwas Nichtiges, und so war es denn auch – als ich meine Hand in die Tasche versenkte, fand sich der Rubel an seinem Platz. Die Zahl meiner Einkäufe mehrte sich, und ich dehnte sie immer weiter aus – ich erstand schlechterdings alles, was meiner Ansicht nach gebraucht wurde, ich wagte schon fast allzu riskante Einkäufe, so zum Beispiel kaufte ich unserem Kutscher einen reich ausgestickten Leibgurt und dem Schuster Jegor, der immer voller Späße war, eine Ziehharmonika. Und dennoch blieb der Rubel bei mir, obwohl ich Großmutter schon gar nicht mehr anblickte und ihr sprechendes Antlitz nicht mehr um Rat fragte. Ich war jetzt der Mittelpunkt geworden – alle schauten zu mir auf, alle folgten mir, jedermann sprach von mir.
»Seht nur unseren jungen Herrn! Er hat die Macht, den ganzen Jahrmarkt aufzukaufen, denn, denkt nur, er besitzt einen Heckrubel.«

In mir aber stieg ein neues, mir bisher unbekanntes Gefühl auf: der Wunsch, jedermann möge sich mit mir abgeben, hinter mir herlaufen, mich preisen, wie klug ich sei, wie reich und gütig.
Unruhe erwuchs in mir und Herzensleere.

Plötzlich trat, weiß Gott woher, der dickbäuchigste aller Weihnachtshändler auf mich zu, lüftete die Mütze und sprach mich an: »Ich bin dicker und schlauer als alle hier, mich können Sie nicht hereinlegen. Ich weiß, Sie können alles kaufen, was hier auf dem Markt zu erwerben ist, denn Sie besitzen einen Heckrubel. Wenn man einen solchen hat, ist freilich nichts Großes dabei, den ganzen Bezirk zum Staunen zu bringen, aber dennoch gibt es etwas, was Sie nicht einmal mit einem solchen Rubel kaufen können.«

»Sie haben recht, irgendeine unnütze Sache werde ich natürlich nicht kaufen.«

»Was heißt unnütz? Von irgend etwas Unnützem würde ich gar nicht erst reden. Aber wer steht denn schon um uns herum, obwohl Sie ja einen echten Heckrubel besitzen. Für sich selber haben Sie nur Naschwerk und Nüsse besorgt, für die anderen dagegen lauter nützliche Sachen, und sehen Sie doch selber, wie man Ihnen Ihre Wohltaten dankt; jetzt schon haben alle Sie vergessen.« Ich sah mich um, und zu meiner Verblüffung mußte ich feststellen, daß ich mit dem Dickwanst von Kaufmann tatsächlich ganz allein stand, keine Sterbensseele weilte in unserer Nähe. Auch Großmutter war fort, allerdings hatte ich sie schon vorher vergessen. Die anderen Marktbesucher aber umdrängten jetzt alle einen langen, klapperdürren Mann, der über den Halbpelz eine lange gestreifte Weste gezogen hatte, verziert mit glasartigen Knöpfen, die bei jeder Bewegung trüb aufschimmerten. Dies war das einzige, was an dem langen, hageren Menschen einen Reiz bieten mochte, und dennoch zog alles ihm nach und gaffte ihn an, als sei er die allerseltsamste Naturerscheinung.

»Ich kann darin unmöglich etwas Besonderes sehen«, meinte ich zu meinem neuen Begleiter.

»Ganz recht, aber sehen Sie selber, wie sehr das allen gefällt. Schauen Sie nur, sogar Ihr Kutscher Konstantin mit dem prächtigen Leibgurt zieht hin-

ter ihm drein, und der Schuster Jegor mit der Ziehharmonika gleichfalls, und dort die Braut mit den Spangen, und sogar die alte Viehmagd mit ihrem neuen Buch. Von den Kindern mit den Trillerpfeifen gar nicht erst zu reden.«
Ich blickte schärfer hin, und wirklich, alle umringten den Mann mit den Glasstücken, und alle Knaben trillerten auf ihren Pfeifchen seinen Ruhm.
Unmut stieg in mir auf, irgendwie dünkte mich das alles sehr kränkend für mich, mir schien es meine Pflicht und meine Aufgabe, mich über den Mann mit den Glasstücken zu erheben.
»Meinen auch Sie, daß ich ihn nicht ausstechen kann?«
»Freilich meine ich das«, erwiderte der Dickwanst.
»Nun, ich werde Ihnen sogleich beweisen, daß Sie irren«, rief ich, eilte zu dem Mann mit der Weste über dem Halbpelz und fragte: »Mein Lieber, wollen Sie mir nicht Ihre Weste verkaufen?«
Der Mann mit dem Glaszauber wandte sich im Sonnenlicht zu mir, so daß seine Westenknöpfe schwach aufglommen und antwortete: »Gern, und ich will sie Ihnen mit großer Genugtuung verkaufen, aber sie ist sehr teuer.«
»Machen Sie sich darum keine Sorge, nennen Sie mir nur schnell den Preis.«
Er lächelte verschlagen und erklärte: »Ich kann nicht übersehen, daß Sie noch kindlich denken, wie

es sich für Ihre jungen Jahre gehört. – Sie scheinen nicht recht zu erfassen, worum es geht. Die Weste selbst kostet nichts, sie leuchtet weder noch wärmt sie. Sie mögen sie daher umsonst haben, aber für einen jeden der Glasknöpfe sollen Sie mir einen Rubel zahlen; zwar leuchten diese Knöpfe weder noch wärmen sie, aber sie vermögen für einen Augenblick ein wenig aufzuglimmen, und das mögen die Leute sehr.«
»Einverstanden!« rief ich. »Sie erhalten für jeden der Knöpfe einen Rubel – ziehen Sie schnell die Weste aus.«
»Nein, erst wollen Sie das Geld aufzählen.«
»Bitte sehr.«
Ich langte in die Tasche und holte einen Rubel hervor, aber als ich zum zweiten Mal in die Tasche griff – da war die Tasche leer – der Heckrubel war nicht zurückgekehrt, er wollte nicht weiterhecken – war verschwunden – auf und davon –, und ringsum starrte mich alles an und lachte über mich.
Heiß quollen die Tränen aus meinen Augen, und – ich erwachte.

Es war Morgen; vor meinem Bett stand Großmutter in ihrer riesigen Haube und hielt einen nagelneuen Silberrubel, die Weihnachtsgabe, die sie mir wie üblich überbrachte.
Da erkannte ich, daß alles, was sich zugetragen, nicht in Wirklichkeit, sondern im Traum geschehen

war, und erzählte ihr schnell, warum ich geweint hatte.

»Dein Traum ist wunderbar«, sagte Großmutter, »besonders, wenn du ihn richtig zu erfassen vermagst. Alle Märchen und Fabeln bergen ihren geheimen Sinn in sich. Der Heckrubel ist, dünkt mich, das Talent, welches die Vorsehung einem jeden Menschen bei seiner Geburt in die Wiege legt. Dieses Talent entwickelt sich und gibt sich nicht aus, wenn sich der Mensch Lebendigkeit und Kraft erhält auf der Kreuzung vierer Wege, von denen einer gewißlich zum Friedhof führt. Der Heckrubel, das ist jene Kraft, die der Wahrheit und der Tugend dient, der Menschheit zum Nutzen, und worin einem Menschen mit gutem Herzen und klarem Verstand höchste Genugtuung erblüht. Denn was immer man für das wahre Glück seiner Mitmenschen tut, nie wird es den Reichtum des eigenen Herzens vermindern; im Gegenteil – je tiefer ein solcher Mensch aus seiner Seele schöpft, um so reicher wird diese werden. Der Mann, der die Weste über dem Halbpelz trug, ist die Aufgeblasenheit, die Eitelkeit, denn eine Weste über dem Halbpelz ist ein unnütz Ding, genauso, wie es überflüssig ist, daß die anderen hinter uns dreinziehen und uns preisen. Eitelkeit trübt den Verstand. Nachdem du einiges getan, und zwar sehr wenig im Vergleich zu dem, was du im Besitz eines unausgebbaren Rubels hättest tun können, wurdest du eingebildet und wandtest dich von mir ab, die ich in deinem Traum die Lebenserfahrung verkörperte. Du wünschtest schon nicht mehr am meisten, den anderen Gutes zu tun, sondern mühtest dich ab, daß alle zu dir hinschauen und dich rühmen möchten. Du ersehntest den Besitz der überflüssigen Glasflitter, und ich freue mich für dich, daß dir im Traum eine solche Belehrung zuteil ward. Ich wünschte, dir bliebe dieser Weihnachtstraum im Gedächtnis. Nun aber gehen wir zur Kirche, und nach der Messe wollen wir alles das kaufen, was du im Traum für die Bedürftigen erstanden hast.«

»Außer einem, liebste Großmutter.«

Großmutter meinte lächelnd: »Freilich, die Weste mit den Glassplittern wirst du nicht kaufen, das weiß ich.«

»Nein, ich will auch das Naschwerk nicht kaufen, das ich im Traum für mich selber besorgte.«

Großmutter überlegte ein Weilchen und meinte dann: »Mir scheint es nicht notwendig, diesem kleinen Vergnügen zu entsagen; freilich – wenn du wünschest, mit diesem Verzicht ein größeres Glück zu erkaufen, dann – nun dann kann ich dich verstehen.«

Und plötzlich hielten wir uns umarmt und sprachen nicht weiter und weinten nur zusammen. Großmutter hatte erraten, daß ich gewillt war, an diesem Tag von meinem Geld nichts für mich auszugeben. Und als ich schließlich so handelte, wie ich mir vorgenommen, da erstand in meinem Herzen eine solche Freude, wie ich sie noch nie zuvor verspürt. In diesem Verzicht auf eigenes Vergnügen zum Wohle anderer lernte ich zum ersten Mal das kennen, was die Menschen mit dem zauberischen Wort *vollendetes* Glück bezeichnen, jenen Zustand, da einem nichts mehr zu wünschen übrig bleibt.

Somit kann ein jeder nunmehr, in welcher Lage immer, den Versuch machen, mein Experiment nachzuahmen, und ich bin überzeugt, er wird in meinen Worten keine Lüge, sondern lautere Wahrheit finden.